CATALOGUE

ESTAMPES

MODERNES

LITHOGRAPHIES ET EAUX-FORTES

PAR

Bonnington, Daubigny, H. Daumier, L. Flameng, Martial, Ch. Méryon
H. Monnier, Seymour-Haden, etc.

ESTAMPES ANCIENNES

PORTRAITS, VIGNETTES, COSTUMES DE MODES

Quelques Dessins

LIVRES A FIGURES

DONT LA VENTE AURA LIEU

HOTEL DES COMMISSAIRES-PRISEURS
RUE DROUOT, 5, SALLE N° 7
AU PREMIER ÉTAGE

Les Vendredi 14 et Samedi 15 Avril 1876
A UNE HEURE ET DEMIE

Me **MAURICE DELESTRE**, Commissaire-Priseur,
successeur de Me DELBERGUE-CORMONT.
rue Drouot, 23,
Assisté de **M. LOIZELET**, Marchand d'Estampes,
rue des Beaux-Arts, 12.

PARIS — AVRIL 1876

Ves Renou, Maulde et Cock, imprs de la Cie des Commissaires-Priseurs, rue de Rivoli 144. 63890

CATALOGUE

ESTAMPES

MODERNES

LITHOGRAPHIES ET EAUX-FORTES

PAR

Bonnington, Daubigny, H. Daumier, L. Flameng, Martial, Ch. Méryon
H. Monnier, Seymour-Haden, etc.

ESTAMPES ANCIENNES

PORTRAITS, VIGNETTES, COSTUMES DE MODES

Quelques Dessins

LIVRES A FIGURES

DONT LA VENTE AURA LIEU

HOTEL DES COMMISSAIRES-PRISEURS

RUE DROUOT, 5, SALLE N° 7

AU PREMIER ÉTAGE

Les Vendredi 14 et Samedi 15 Avril 1876

A UNE HEURE ET DEMIE

Me **MAURICE DELESTRE**, Commissaire-Priseur,
successeur de Me DELBERGUE-CORMONT.
rue Drouot, 23,

Assisté de **M. LOIZELET**, Marchand d'Estampes,
rue des Beaux-Arts, 12.

PARIS — AVRIL 1876

ORDRE DES VACATIONS

Vendredi 14 Avril........	Nos 1 à 150
Samedi 15 Avril..........	151 à 327

CONDITIONS DE LA VENTE

Au comptant.

CINQ POUR CENT en plus des enchères, applicables aux frais.

M. LOIZELET, dirigeant la vente, se charge des Commissions.

EAUX-FORTES ET GRAVURES MODERNES

LITHOGRAPHIES ET DESSINS

COMPOSANT LA PREMIÈRE PARTIE

De l'importante Collection de M. Philippe BURTY

VENTE A LONDRES

Les Jeudi 27, Vendredi 28 et Samedi 29 Avril
Lundi 1er et Mardi 2 Mai 1876

LE CATALOGUE SE DISTRIBUE :

à PARIS..... Chez M. LOIZELET, Marchand d'Estampes, rue des Beaux-Arts, 12.

à LONDRES. Chez MM. SOTHEBY, WILKINSON and HODGE, 13, Wellington street, Strand.

DESIGNATION

DES

ESTAMPES

1 **Amand-Durand**. Rembrandt appuyé. — La Médée ou le Mariage de Jason, d'après Rembrandt. — Amadée. — Les Grimpeurs, d'après Marc-Antoine. — Les Voyageurs, d'après Ruysdaël. — La Vierge assise au pied d'une muraille. — Le Cheval de la Mort, d'après A. Durer. — François Snyders, d'après Van Dick. — Le Troupeau en marche par un temps orageux, d'après Claude Gelée. — Sainte Agnès, d'après Martin Schongauer. Reproductions par l'héliogravure de ces 10 pièces.

2 **Anonyme** de l'École flamande. L'Annonciation. Très-belle épr.

3 **Anonyme** de l'École française du XVIIe siècle. Le Christ expirant sur la croix.

4 **Anonyme**. Différents exercices pour le port d'armes dans les Gardes-Françaises. 44 costumes coloriés.

5 **Artiste** (L') et autres publications périodiques. 134 pièces gravées et lithographiées.

6 **Artistes** (Les) anciens et modernes, par H. Baron, L. Français, Eug. Le Roux, A. Mouilleron, C. Nanteuil. Nos 1-112. Les nos 29, 33, 88 manquent ainsi que le titre du 2e volume.

7 **Aubertin**. Famille dans une barque. Gravée d'après Isabey. Très-belle épr. avant la lettre.

8 **Aufray de Roé Bhian**. De Cannes à Monaco. Suite de 12 eaux-fortes. Très-belle épr.

9 **Basset** (A Paris chez). Calendrier pour l'an II de la République française, avec les portraits de Le Pelletier, Marat, Barba et Chalier. — Portrait de Viala, Le Pelletier, Horatius Coclès, bustes forts comme nature. — Le Peuple français reconnaît l'Etre suprême et l'immortalité de l'âme, etc. 9 pièces, imagerie de l'époque.

10 **Bellangé** (Hippolyte). Croquis militaires. 17 pièces.

11 **Blery** (Eug.). Intérieur de forêt. Épr. d'artiste avant divers travaux et avant la lettre.

12 **Bodmer** (Karl). Animaux et Paysages d'après nature. 25 pièces.

13 Combat de cerfs. — Une Entrée de forêt vierge, par Bresdin. 2 pièces.

14 **Bolswert et Clouet**. Grands Paysages, d'après P. P. Rubens. 2 pièces.

15 **Bonington**. Rue du Gros-Horloge, à Rouen. Très-belle épr. sur chine.

16 Vue d'une Rue des faubourgs de Besançon. Très-belle épr. sur chine.

17 Façade de l'église de Brou. Très-belle épr. sur chine.

18 Vue générale des Ruines du château d'Arlan. 2 épr. dont une sur chine.

19 **Bonnart.** Madame la duchesse de Bourbon. — Mlle de La Varenne en habit d'été. — Son Altesse Royale le prince de Galles, etc. 12 pièces.

20 **Bonnet** (Louis). Euridice poursuivie, d'après Huet. — Bazile et Laurette, d'après Aubris. En couleur, 3 pièces.

21 **Boucher.** Portrait de Watteau. Très-belle épr.

22 **Boucher** et **Huet.** Paysages, Allégories et Motifs d'ornementation. 18 pièces.

23 **Brascassat.** Études lithographiées. 6 pièces.

24 Études d'animaux. Suite de 6 pièces.

25 Lutte de taureaux. — Taureaux défendant une Vache. 2 pièces.

26 **Bry** (Th. de). — Foire de Village, d'après H. Béham. Très-belle épr.

27 **Caricatures** anglaises coloriées. 66 pièces.

28 **Chalcographie du Louvre.** Le galant Militaire, par J. François, d'après Terburg. — La Fille d'Hérodiade, par Bertinot, d'après Bern. Luini. 2 pièces.

29 Masaccio, par Vibert. — Rembrandt, par Martinet. — Van Dyck, par Bertinot. — Raphaël, par Weber. 4 pièces.

30 Diane sortant du bain, par Ed. Hédouin, d'après Boucher. — Sainte Catherine d'Alexandrie, par Dien, d'après Raphaël. — Folle et Mitte, chiennes de Louis XIV, par Willmann, d'ap. Desportes. 3 p.

31 La Charité, par Ad. Salmon, d'après Andrea del Sarto.

32 Le Sommeil d'Antiope, par A. Lefèvre, d'après le Corrège.

33 La Vierge aux Donateurs, par Bertinot, d'après Van Dyck.

34 La Nativité de la Vierge, par A. Martinet, d'après Murillo.

35 Le Couronnement de la Vierge et les Miracles de saint Dominique, par A. François, d'après Beato Angelico.

36 La Vierge tenant l'Enfant Jésus adoré par deux Saintes et deux Anges. Gravé par Caron, d'après Le Pérugin.

37 La Femme de Rubens. Gravé par A. Leroy, d'après P.-P. Rubens.

38 La Visitation. Gravé par Desvachez, d'après Sebastiano del Piombo.

39 Alphonse d'Avalos. Gravé par Thévenin, d'après Le Titien.

40 Marthe et Marie. Gravé par Calamatta, d'après E. Lesueur.

41 Paris en 1860. Dessiné et gravé par Willmann. Très-grande pièce.

42 **Challe.** Vignettes in-4° en couleur, pour le Paradis perdu de Milton. 11 pièces.

43 **Chaplin** (Ch.). Embarquement pour l'île de Cythère, d'après Watteau, épr. avant la lettre; la même avec la lettre, Paysages et Portraits. 10 p.

44 **Charlet.** 53 pièces de son œuvre, épreuves anciennes, quelques-unes rares.

45 **Chifflart** (F.). Improvisations sur cuivre. Suite de 15 eaux-fortes. Épr. avant la lettre.

46 Le Rappel. Épr. avant la lettre. 2 exemplaires.

47 **Corot** (D'après). Jeune Mère allaitant son enfant, par A. Portier. Épr. avant la lettre.

48 Lithographies et Photographies. 10 pièces, dont le portrait du Maître.

49 **Costume** parisien de 1810 à 1830. 400 pièces environ.

50 **Cotelle** (Jean). Livre de divers ornements pour plafonds. 25 pièces fortement tachées d'huile.

51 **Courbet** (D'après). Les Casseurs de pierres. — La Curée. Lithographies par Émile Vernier. 2 pièces.

52 Paysages lithographiés par le même. Épr. avant toutes lettres. 2 pièces.

53 **Courtry**. Le Fils de Louis XI. Très-belle épr. sur chine.

54 **Couture** (D'après). L'Amour de l'or. — Joconde. — Un Trouvère. — L'Enfant prodigue. Lithographies de Mouilleron, Eugène Leroux et Baron. 5 pièces.

55 **Daubigny**. Le Verger. Très-belle épr.

56 La Vendange. Épr. du premier état avant la lettre. — Le Gué. 2 pièces.

57 Eaux-fortes originales. Gravures sur bois et photographies, d'après ses dessins. 60 pièces.

58 **Daumier** (H.). Enfoncé Lafayette!... Attrappe, mon vieux! — Ne vous y frottez pas!!... Très-belles épr. 2 pièces.

59 Caricatures et Charges tirées du *Charivari*. 100 p.

***

60 Album des Charges du jour. Recueil de 30 lithographies. Vol. obl. cartonné.

61 **Dauzats** (Adrien). Paysages et Vues lithographiés. 18 pièces.

62 **Dé** (Maître au). Victoire de Scipion sur Syphax. Très-belle épr. du premier état. — Apollon vainqueur de Python. 2 pièces.

63 **Decamps**. Chien basset. Lithographie par Th. Chauvel, d'après l'original appartenant à M. Ph. Burty. Tiré à 100 exemplaires.

64 **Decamps et Gavarni**. Lithographies. 17 pièces.

65 **Delacroix** (D'après). Gravures, Lithographies, Eaux-fortes, Fac-simile. 22 pièces.

66 **Delaroche** (Paul). Portraits et Compositions historiques, gravés et lithographiés. 20 pièces.

67 **Delâtre** (Auguste). Six pointes sèches. Dédiées à M. Edwin Edwards par son imprimeur. Épr. d'artiste tirées sur papier du Japon.

68 Paysages à l'eau-forte et à la pointe sèche. 15 pièces.

69 Grands Paysages à l'eau-forte. 2 pièces.

70 **Delaunay** (Alfred). Paysages et Vues. Épr. d'artiste. 5 pièces.

71 **Demarteau**. Offrande à l'Amour, d'après Lagrenée. Très-belles épr. avant toutes lettres.

72 **Desrais et Leclerc**. Costumes français. Habillements à la mode en 1781. 28 pièces.

73 **Divers**. Lithographies de Diaz, Eug. Lami, A. Gautier, etc. 5 pièces.

74 Chasse de saint Eleuthère apôtre de Tournay, par Léon Gaucherel. — Détails extérieurs de la Cathédrale de Chartres. Héliogravure Ch. Nègre. — Intérieur d'église, par G. Greux, etc. 7 pièces.

75 Portraits gravés et lithographiés. 17 pièces.

76 Paysages, Sujets, Vues de Paris, par Taiée, Roybet, Brunet-Debaines, Mlle G. Niel, etc. 24 pièces.

77 Compositions mythologiques, Vues, Paysages, par J. Bonasone, J. Callot, Lepautre, etc. 38 pièces.

78 L'Arbre de Saint-François, par Callot. — Hyac. Rigaud, par Ficquet. — Michel de L'Hospital, etc. 4 pièces.

79 Eaux-fortes modernes, par Bracquemond, Flameng, Ed. Hédouin, Célestin Nanteuil, etc. 15 pièces.

80 Le Château de cartes, d'après Chardin, et autres pièces, par Corn. Schut, Brebiette, etc. 27 p.

81 La Roulette, d'après Desrais. — Quel est le plus ridicule? — Les quatre Coins, d'après Bosio, etc. 38 pièces.

82 Caricatures italiennes. Estampes de l'École flamande. 34 pièces.

83 Costumes anciens et modernes, en noir et coloriés. 40 pièces.

84 Costumes d'Acteurs et d'Actrices. 60 pièces.

85 Petits Costumes de modes en noir et coloriés. 100 pièces.

86 Costumes de modes français et anglais. 100 pièces.

87 Costumes gravés et lithographiés, la plupart dessinés sur bois. 300 pièces environ réunies dans un portefeuille.

88 Portraits anciens et modernes, in-8 et in-4, pour servir à l'illustration des livres. 47 pièces.

89 Portraits de Personnages français, la plupart in-8. 60 pièces.

90 Portraits modernes, gravés et lithographiés. 100 pièces.

91 Vues de Venise, d'ap. Canaletti, Guardi. — Vues diverses gravées et lithographiées. 60 pièces.

92 Portraits anciens et modernes, gravés et lithographiés. 128 pièces.

93 Un Album factice renfermant 71 vignettes dessinées sur bois par Johannot, Henri Monnier, Gigoux, Charlet, Gavarni, etc.

94 **Eaux-fortes** modernes publiées par la Société des Aqua-fortistes, du 1er janvier 1866 au 1er juillet. Épr. avant la lettre. 40 pièces.

95 **Eaux-fortes** par Eug. Delacroix, Feyen-Perrin, F. Rops, Marcel, Rajon, E. Millet, H. Grenaud, etc. La plupart en épreuves d'artiste. 112 pièces.

96 **École française** du XVIIIe siècle. Au moins soyez discret. — Comptez sur mes serments. — Le Sacre de Louis XVI. — Le Contre-Temps. — La Chambre du cœur de Voltaire, etc. 8 pièces.

97 **Edwards** (Edwin). Paysage à l'eau-forte. Épr. tirées sur papier du Japon. 2 pièces.

99 **Feuchère** (Jean). Figures applicables à l'ornementation. 10 pièces sur chine.

100 **Flameng** (Léopold). Sauvée! Épreuve d'artiste avant la lettre.

101 — La Naissance de Vénus, d'ap. Alex. Cabanel. Très-belle épr. avant la lettre, sur chine. — Le Christ priant au jardin des Oliviers, d'ap. Bida. 2 p.

102 — Miss Graham. — The Blue Boy, d'ap. Grainsborough. Épreuves avant la lettre, sur chine. Jeune Fille, d'ap. Curzon. — Sophia Mathilda, d'ap. Joshua Reynolds. Épr. avant la lettre. 5 pièces.

103 **Français**. Paysages lithographiés et compositions dessinées sur bois. 15 pièces.

104 **François**. Allégories et Portraits de poëtes gravés à la manière du crayon. 63 pièces.

105 **François** (Alphonse). La Tentation du Christ, d'ap. Ary Scheffer.

106 **Gatine**. Les Heures du jour. — Les Quatre âges. — Les Quatre Saisons, et autres petits costumes. 58 pièces.

107 **Gaucherel** (Léon). Histoire d'un Chat, d'ap. Viollet-Le-Duc. Suite de 6 pièces inédites.

108 — Ornements et portraits. 14 pièces.

109 — Paysages et Vues. 24 pièces.

110 **Gautier** (A.). Paysages et Sujets à l'eau-forte. 15 pièces, dont plusieurs doubles avec différence.

111 **Gavarni**. Le Carnaval à Paris. Suite complète de 40 pièces lithographiées. Un vol. in-4, cart.

112 — Premier Dizain de Mme Jeanne Gavarni. Orné de dix compositions de Gavarni. Rare. Un vol. in-4, cartonné.

113 — Gavarni's Studies. Suite complète de 6 pièces. Rare.

114 — La Boîte aux lettres. — Album de l'infini, etc. Défets appartenant à différentes suites. Lithographies et dessins sur bois. 128 pièces.

115 — **Gérome**. Un Sénateur romain. Très-belle épreuve sur papier du Japon.

116 **Gessner** (Salomon). Vignettes et culs-de-lampe pour les idylles. 35 pièces.

117 **Giacomotti**. TO KAAON. Très-belle épr. du 1er état avec les croquis dans les marges, tirée sur papier du Japon.

118 **Gigoux**. Compositions sur bois pour illustrations diverses. 40 pièces.

119 **Girard**. (F.). Le Prisonnier, d'ap. Léon Benouville. Épreuve avant la lettre.

120 **Giraud** (V.). Théroigne de Méricourt. Rare épr. de la 1re planche, inédite.

121 — La même épr. de la seconde planche.

122 **Grandville** (J.-J.). Caricatures politiques. 30 pièces.

123 **Grenau** (H.). Edmond Roche. — Épreuve avant divers travaux et avant l'aciérage.

124 **Greuze** (J.-B.). La Lessiveuse, par Danzel. — Portrait de femme par Spilsburg, d'ap. Reynolds. — Le petit Bréviaire, par Drevet, etc. 4 pièces.

125 **Hillemacher** (Frédéric). La Grazia. — La Rosa. — Le Peseur d'or, d'ap. Robert-Fleury, etc. 4 pièces.

126 **Holbein** (D'ap. Hans). Érasme de Rotterdam. — Étude pour le portrait d'un jeune seigneur. Lithographies par Bargue. 2 pièces.

127 **Huet** (Paul). Paysages dessinés sur bois. 30 pièces.

128 **Illustration** (L') nouvelle, par une société de peintres. — Graveurs. 27 planches.

129 **Isabey** (Eugène). Marines dessinées sur pierre. 10 pièces.

130 — Marines et Vues, lithographies originales. Différents sujets lithographiés par Français et Mouilleron. 13 pièces.

131 **Jacquemart** (Jules). Frontispice de la 1re année de la Société des Aqua-fortistes. — Souvenir de voyage. 2 pièces.

132 **Jazet**. Salon de 1824. S. M. Charles X distribue des récompenses aux artistes, d'ap. Heim. Très-belle épr. avant les noms d'artistes.

133. — La même épreuve, avec les noms d'artistes.

134 **Jeanron** (André). Un Ane. Très-belle ép.

135 **Joyant**. Vues de Venise. 2 pièces à l'eau-forte. Ornements et sujets par Huet et Tiépolo. 7 pièces.

136 **Juhel** et autres. Caricatures et Croquis divers. 26 pièces.

137 **Lami** (Eugène). Croquis militaires. — Sujets divers. — Caricatures, etc. 68 pièces.

138 **Lansyer**. Restauration du château de Pierrefonds. — Paysages à l'eau-forte. 10 pièces.

139 **Leblanc** (Th.). Costumes grecs, turcs et égyptiens. 17 pièces.

140 **Lefevre** (Achille). Immaculée Conception. d'ap. Murillo.

141 **Lehmann** (Henri). Portraits gravés, lithographiés et photographiés. 14 pièces.

142 **Leleux** (A.). Eaux-fortes et Lithographies par et d'ap. Adolphe et Armand Leleux. 25 pièces.

143 **Lemud** (A. de). Mme La Duchesse d'Orléans. — Hoffman. — J. Gigoux. — Moines se préparant à la confession. — Mathieu Laensberg. — Légende des frères Van Eyck. — Le Prisonnier. — Dessins sur bois pour Notre-Dame de Paris. par Victor Hugo, etc. 25 pièces.

144 — Le Songe de Beethoven. Très-belle épr. avant la lettre.

145 **Le Pic**. Jupiter et autres Portraits de Chiens, d'ap. Jadin. 4 pièces.

146 **Leroux** (Eugène). Différents Sujets lithographiés. 9 pièces.

147 **Lescot** (Mme Haudebourt). Costumes et Sujets divers lithographiés. 30 pièces.

148 **Leys**. Promenade hors des murs. Très-belle épr. tirée sur vieux papier.

149 — Jeune Femme assise sur un banc de pierre, figure tirée de Luther enfant chantant des hymnes dans les rues d'Eisenach. Très-belle épr. sur papier du Japon.

150. — Arias Montanus et Jean Moret, chez l'imprimeur Plantin. Épr. sur papier du Japon.

151 **Lièvre** (Édouard). Les Arts décoratifs à toutes les époques. — Livraisons 1-2-3. 36 planches dont 31 chromo et 5 taille-douce.

152 — The Works of art in the Collections of England. Gravures de Bracquemond, Courtry, Flameng, Greux, Le Rat, Lhermitte, J. Lièvre, Muzelle, Rajon, Randall, Valentin, etc. 35 planches. Incomplet.

153 **Lithographies** par Marin-Lavigne, Boulanger, Hersent, Landseer, etc. 37 pièces.

154 **Martial**. Ancien Paris. 300 pièces à l'eau-forte, formant 3 vol.

155 — Défets de l'ancien Paris, 60 pièces.

156 — Lettre sur les éléments de la gravure à l'eau-forte. 4 planches.

157 — Lettre illustrée sur le Salon de 1865. 20 planches.

158 — Lettre illustrée sur le Salon de 1866, plus une lettre sur le livre de P.-J. Proudhon. 23 planches.

159 — Lettre illustrée sur l'Exposition universelle de Paris en 1867. Épreuves tirées sur papier du Japon. 48 planches.

160 — Lettres illustrées sur le Salon de l'année 1868. 15 planches.

161 — Paris pendant le siége (1870-1871). 12 planches.

162 — Les Femmes de Paris pendant le siége (1870-1871). Épreuves tirées sur papier du Japon. 12 planches.

163 — Les Marins de la défense (1870-1871). Épreuves tirées sur papier du Japon. 16 planches.

164 — Paris sous la Commune (1871). 12 planches.

165 — Paris incendié (1871). 12 planches.

166 — La Question du nouvel an (1873), conte illustré pour les enfants majeurs. 8 planches.

167 — Paris intime (1874), ouvrage tiré à 300 exemplaires. Exemplaires n° 72. 30 planches.

168 — Annuaire des Beaux-Arts (1875). Premières épreuves. 32 planches.

169 — Rue de La Tonnellerie (1866). Épreuve d'état avant la lettre.

170 — La même épreuve avec la lettre.

171 — Portraits de Mesdames Agar, Sarah Bernhardt, Marietta Sacca et Hilda. Premières épreuves. 4 pièces.

172 — Paysages d'ap. Chintreuil. — Le Prussien. — Rue Saint-Éloi. — Rue des Colonnes. — Rue Saint-Hyacinthe-Saint-Michel. — Théâtre du Vaudeville, place de la Bourse. — Théâtre du quartier Saint-Marcel. — Ancien Marché aux chevaux. 8 pièces. Épr. du 1er état avant la lettre.

173 — Mabille et le Château-des-Fleurs. — Le Vaudeville en 1868. — Le Bois de Pierrefonds. — Rue Chartière. — Cuisines de l'Hôtel-Dieu. — Rue Lacépède. 8 pièces. Épr. du 1er état avant la lettre.

174 — Défets de différentes suites. 32 pièces.

175 **Massard.** Étude du tableau de la Dame de charité, d'ap. Greuze. Très-belle épr.

176 **Meissonnier** (D'ap.). L'Amateur de tableaux, par G. Desclaux. Très-belle épr. avant la lettre.

177 Les Joueurs d'échecs, par A. Blanchard. Très-belle épr.

178 — Les bons Amis, par feu Revel et A. Blanchard. Très-belle épr.

179 **Méryon** (Charles). San-Francisco (Burty 21). Très-belle épr. de l'état définitif.

180 Passerelle du Pont-au-Change (B. 26). Très-belle épr. du 2e état.

181 — Partie de la Cité de Paris vers la fin du XVIIe siècle (B. 27). Très-belle épr. du 4e état.

182 — A. Reinier dit Zeeman, peintre et eau-fortier (B. 30). Pièce de vers tirée à quelques épreuves seulement. Rare.

183 — Le Stryge (B. 35). Très-belle épr. du 2e état décrit.

184 — Le Petit-Pont (B. 36). Très-belle épr. du 2e état décrit, sur chine.

185 — L'Arche du pont Notre-Dame (B. 37). Très-belle épr. du 2e état.

186 — La Galerie de Notre-Dame (B. 38). Très-belle épr. du 1er état.

187 — La Tour de l'Horloge (B. 40). Très-belle épr. du 2e état sur chine.

188 — Tourelle de la rue de la Tixeranderie (B. 41). Très-belle épr. du 1er état.

189 — La Pompe Notre-Dame (B. 43). Très-belle épr. du 3e état, sur chine. 2 épreuves.

190 — L'Abside de Notre-Dame de Paris (B. 50). Très-belle épr. du 2e état.

191 — Estampes anciennes. Rochoux, quai de l'Horloge, n° 19 (B. 52). Imprimée à deux tons, les planches mal raccordées.

192 — Tourelle, rue de l'École-de-Médecine, 22 (B. 53). Épr. du 4e état. 2 épreuves.

193 **Méryon.** Ilots à Uvéa (Wallis), Pêche aux Palmes, 1845 (B. 63). Très-belle ép. avant la lettre.

194 — Vue de l'ancien Louvre du côté de la Seine (165..). Ép. de la chalcographie du Louvre.

195 — Ministère de la marine (Fictions et vœux). Belle ép.

196 **Michelin** (T.). Adresse de l'artiste, tirée à 10 ép.

197 — Paysage à l'eau-forte. Ép. d'artiste. 9 pièces.

198 **Millet** (J.-F.). La Fileuse debout. Très-belle ép. sur papier du Japon.

199 **Monnier** (Henry). Boutades. Suite de 6 lithographies à la plume, coloriées. Vol. in-4, cart.

200 — Mœurs administratives dessinées d'après nature, par Henry Monnier, ex-employé au Ministère de la justice. Lithographies à la plume, coloriées. Suite complète de 18 pièces. Un vol. in-4 oblong, cart.

201 — Les petites Misères umaines, par Henry Monnier. Lithogr. à la plume, coloriées. Suite complète de 10 pièces. Un vol. in-4 obl. cart.

202 — Esquisses parisiennes par Henry Monnier (1827). Lithographies coloriées. Suite complète de 12 pièces. Un vol. in-4 obl., cart.

203 — Récréations, Lithographies à la plume, coloriées. Suite complète de 30 pièces. Un vol. in-4 obl., cart.

204 — Suite complète de 4 lithographies pour les *Contes du Gay Sçavoir*. **Firmin Didot, édit. 1829. Très-rare.**

205 — Lithographies d'après les chansons de Béranger, 6 pièces in-4. — 7 vignettes pour les chansons de Béranger, in-8. En tout 13 pièces coloriées.

206 — Vues de Paris dessinées d'après nature. Suite de 4 pièces coloriées.

207 — Les Grisettes dessinées d'après nature. 9 p. coloriées.

208 — Six quartiers de Paris. En noir. Suite complète.

209 — Caricatures politiques et autres. Défets de différentes suites. 30 pièces coloriées.

210 — Défets de différentes suites. Compositions dessinées sur bois. 80 pièces en noir.

211 **Montfort**. Costumes militaires lithographiés. 15 pièces.

212 **Moreau** (D'ap.). Vignettes in-8 pour les œuvres de Voltaire. Édit. Renouard. 200 p. environ.

213 **Moreau.** Vignettes in-4 avant la lettre, pour Héloïse et Abeilard. 8 pièces.

214 **Mouilleron.** Le Bourgmestre Six chez Rembrandt, d'après Leys. Très-belle ép.

215 **Odieuvre.** Portraits pour l'Europe illustre. 150 pièces.

216 **Photographies.** Sous ce numéro, il sera vendu un grand nombre de reproductions de tableaux, vues de monuments, portraits, etc.

217 **Pineau.** Dessins de cheminées, lits, portes, lambris, trumeaux de glace. 17 pièces.

218 **Prudhon** (P.-P). Une Famille malheureuse. Lithographie originale, rognée au trait carré. Encadrée.

219 — La Vertu aux prises avec le Vice. — La Raison parle et le Plaisir entraîne, par Roger. Épreuves du 1er état, avec *Société de la réunion des Beaux-Arts*. Très-belles ép. 2 pièces.

220 — Le Triomphe de Napoléon. — Le Christ portant sa croix. Ép. d'eau-forte. — Phrosine et Mélidor, ép. d'eau-forte. — Ma Fille respecte les cheveux blancs de ton malheureux père, etc. 10 pièces.

221 **Quéverdo.** Vignettes in-8 pour les Œuvres de Florian. 19 pièces.

222 **Queyroy** (A.). Le Sphinx. 2 épreuves, dont une sur papier du Japon.

223 **Raffet.** 50 Lithographies, épreuves anciennes.

254 **Rethel** (Alfred). La Révolution de 1848, 6 p.— La bonne et la mauvaise Mort, 2 p., etc. 11 p.

255 **Robaut** (Alfred). Fac-simile de différents croquis d'Eug. Delacroix. 35 pièces.

256 **Robert** (Léopold). Sujets lithographiés, 8 p., plusieurs avant la lettre.

257 **Robert-Fleury** (D'ap.). Portraits et Sujets lithographiés et gravés, par Bouquet, Léon Noël, Mouilleron, etc. 30 pièces.

258 **Rochebrune** (O. de). Le Crime (Vue de l'Hôtel-de-Ville après l'incendie).

259 — La Rochelle, maison du XVIe siècle dans la rue du Minage. Porte de l'atelier de Terre-Neuve. La Tour Magne (Nîmes), etc. 4 pièces.

260 **Rops** (Félicien). Un Enterrement au pays wallon. Très-belle ép. avant la lettre.

261 — La même épreuve avec la lettre.

262 — Un Monsieur et une Dame.

263 **Saint-Aubin** (Aug. de). Portraits pour illustrer les Œuvres de Voltaire, édit. Renouard. 30 pièces.

264 **Saint-Étienne** (F.). Paysages à l'eau-forte. Très-belles ép. tirées sur papier du Japon. 33 pièces.

265 **Scheffer** (Ary). Portraits et Scènes historiques, gravés et lithographiés. 36 pièces.

266 **Seymour-Haden**. Habitation de lord Harrington (Burty 6.). Très-belle ép. du 3e état.

267 — Étude dans le jardin de Hensington (Burty 18). Très-belle ép. du 2e état.

268 — La Tamise à Old Chelsea (B. 26). Très-belle ép.

269 — Bords de la Tamise. Très-belle ép. sur chine.

269 *bis* — Petit Paysage en travers, sur le premier plan une pièce d'eau. Très-belle ép. sur papier du Japon.

270 **Smith** (J.-R.). The Mirror. Serena and Flirtilla. Très-belle ép. en couleur.

271 **Société française de gravure**. La Maîtresse du Titien, par Danguin. — Le Christ de Philippe de Champagne, par Rosello. — La Stratonice d'Ingres, par Léopold Flameng. Épreuves avant la lettre. 3 pièces,

272 **Société** internationale des Aqua-fortistes. Livraisons de janvier à juin 1875. 48 planches.

273 **Thiéry** (E.). Cour de ferme. Ép. avant la lettre.

274 **Trimolet.** Les Mois. Suite de 12 eaux-fortes.

275 — Le Marché aux chevaux. — Vue de l'ancienne Berge du port de la Tournelle. — Rue de la Calandre, etc. 6 pièces.

276 **Vernet** (Horace). Divers Sujets et Croquis militaires lithographiés. 27 pièces.

277 **Vernier** (Émile). Sujets lithographiés d'après Bonnat, Decamps, Eug. Fromentin et Ch. Jacque. Épreuves avant la lettre. 6 pièces.

278 **Vernier** (Émile). Une Famille de saltimbanques d'après G. Doré. — La Perdrix, le Lapin, le Lièvre d'après A. de Balleroy, etc. 7 lithographies. Épreuves d'artiste avant la lettre.

279 **Vignettes** par Cochin, Cipriani, Eisen, Moreau etc. pour illustrer l'Arioste. 43 pièces.

280 **Vignettes** pour illustrer Don Quichotte. 31 pièces, petites réductions d'après Coypel, etc. 100 pièces.

281 **Vignettes** pour illustrations de livres, par Cochin, Eisen, Gravelot, Marillier, Moreau, etc. 160 pièces.

282 **Vignettes** anciennes et modernes pour illustrations. 300 pièces environ.

283 **Vignettes** anglaises, Portraits, Caricatures pour *The Universal Magazine* et *The Oxford Magazine*. 300 pièces environ.

284 **Watteau** (Antoine). Vue de Vincennes. — Croquis du livre de Boucher. 22 pièces.

285 **Wilkie** (Dav.). Paysannes causant sur le seuil d'une porte. Eau-forte originale. Très-rare. Encadrée.

286 **Wilkie** (D'après). The Errand Boy. Gravé par Raimbach. Encadré.

287 — Chelsea pensioners reading the gazette of the battle of Waterloo, par Burnet. — Guess my name, par Ed. Smith. — Duncan Gray, par Engleheart. The Wolf and the Lamb, par Robinson d'après Mulready. 4 pièces.

288 **Yvon** (Adolphe). Portrait du général Neumayer. Deux figures assises. Lithogr. originales. 2 pièces.

289 — Sous ce numéro seront vendues les omissions au catalogue.

DESSINS

289 *bis*. — **Dessins**. Croquis par divers artistes. 60 dessins environ.

290 — Croquis militaires par Janet-Lange. 55 dessins.

291 — Croquis par Joyant Marilhat, et autres artistes. Environ 100 dessins.

292 **Géricault**. Cheval de trait. Encre de Chine. Recto et verso.

293 — Cheval que l'on étrille. Mine de plomb. Recto et verso.

294 — Plans, Croquis et Calques. 25 dessins environ.

295 **Rowlandson**. Croquis pour le Vaux-Hall. Aquarelle.

LIVRES A FIGURES

296 **Erasme.** Eloge de la Folie. Fig. d'ap. Holbein. *Bâle*, 1676. In-8.

297 — Fables nouvelles dédiées au roy par M. de La Motte, de l'Académie française. Fig de Gillot. *Paris*, 1719. In-4, rel. bas.

298 — Histoire du théâtre Italien, par Louis Riccoboni, dit Lelio. Fig. par Joullain. *Paris*, 1731. 2 vol. in-8.

299 — Œuvres de Molière. Fig. de J. Punt, d'ap. Boucher. *Amsterdam et Leipzig*, 1750. 4 vol. in-12.

300 — La Vie de saint Bruno, gravé par F. Chauveau, d'ap. les peintures d'Eustache Lesueur. 22 planches et le portrait gravé par C.-N. Cochin. In-fol. dem.-rel.

301 — Portraits pour illustrer l'histoire d'Angleterre, gravés par Flipart. 33 pièces.

302 — Premier et second livres de figures d'Académies, gravées eu partie par les professeurs de l'Académie royale. 24 planches imprimées à la Sanguine. *Paris*, Jombert. In-4, rel. parch.

303 — Recueil de 12 planches gravées à l'eau-forte, par J.-F. Lewis, grav. in-4.

304 — Série de 29 dessins de Costumes modernes, dessinés et gravés par Henry Moses, esq. *London:* James Appleton. In-4.

305 — **Le Boulevard.** Collection de charges, portraits, scènes comiques sur les principaux personnages de notre époque (1863). In-fol. br.

306 — Collection Sauvageot, dessinée et gravée à l'eau-forte, par Edouard Lièvre, accompagnée d'un texte historique et descriptif par A. Sauzay. *Paris*, *Noblet et Baudry*, 1863. 3 vol. in-fol., cart.

307 — Les Maîtres anciens et contemporains, œuvres choisies dans les musées et collections particuliers, par Edouard Lièvre avec les concours des artistes les plus distingués. 12 planches.

308 — Société des Aqua-fortistes. Eaux-fortes modernes originales et inédites (1863-1864.) 120 planches, épreuves avant la lettre.

309 — Paris-Caprice. Gazette illustrée littéraire et artistique. Tome Ier 1867. In-4, broché.

310 — Les Frises du Parthénon, par Phidices. 22 planches reproduites par le procédé de photographie de Tessié du Motay et Maréchal par G. Aroza et C[ei]. *Paris*, *A. Morel*, 1868.

311 — Les Sculpteurs italiens par Charles C. Perkins. Edition ornée d'un Album contenant 80 eaux-fortes gravées par l'auteur. *Paris*, *Ve Jules Renouard*, 1869. 2 vol. in-8 brochés et un album.

312 — Les Jolies Femmes de Paris, par Charles Diguet. 20 eaux-fortes par Martial. *Paris*, *1870*. Vol. in-4, broché.

313 — Mémoire sur la défense de Paris. (Septembre 1870, Janvier 1871), par E. Viollet-le-Duc. Atlas. *Paris*, *Ve A. Morel*, 1871.

314 — Armorial des Bibliophiles, par Joannis Guigard. *Paris, Bachelin Deflorenne*, 1870-1873. 2 vol. gr. in-8. dem.-rel. mar. mar. tête dorée.

315 — La Vie et l'Œuvre de Chintreuil, par A. de la Fizelière, Champfleury, F. Henriet. 40 eaux-fortes par Martial, Beauverie, Taiée, Ad. Lalauze, Saffray, Selle, Paul Roux. *Paris, Cadart*, 1874.

316 — L'eau-forte en 1874. 30 eaux-fortes par trente artistes. Épreuves avant la lettre, sur papier de Chine, tirées à 40 exemplaires. Exemplaire n° 2.

317 — L'Eau-forte en 1871. 30 eaux-fortes par trente artistes. Épreuves avec la lettre.

318 — L'Église et le Monastère du Val-de-Grâce (1645-1665), par V. Ruprich-Robert. *Paris, Ve Morel*, 1875. In-4, broché.

319 — Album de la Galerie Bruyas (Musée de Montpellier). Trente sujets choisis, lithographiés par Jules Laurens. *Paris, Peyrol et Ve A. Morel*, 1875.

320 La Souanétie libre, épisode d'un voyage à la chaîne centrale du Caucase, par Raphaël Bernoville. *Paris, Ve A. Morel*, 1875.

321 — Traité des Constructions rurales par Ernest Bose, architecte. *Paris, Morel*, 1875. Gr. in-8, broc.

322 — La Ménagerie parisienne par Gustave Doré. 24 lithographies. Vol. in-4 obl., cart.

323 — Croquis de fleurs diverses dessinées d'ap. nature, par Chabal. 14 planches lithographiées. Vol. gr. in-fol.

324 — Etudes et Compositions de fleurs et fruits formant un cours gradué pour l'enseignement, par Chabal-Dussurgez. 26 planches in-fol. tirées à deux tons.

325 — Trouville-Deauville et ses environs. Album pittoresque peint par Eugène Boudin, lithographié par Emile Vernier. 6 planches.

326 — Paris à l'eau-forte. 54 livraisons, de 87 à 141. Il manque les deux planches de la 99e livraison.

327 — Journal pour rire, de 1849 à 1855.

Ves Renou, Maulde et Cock, imprs de la Cie des Commissaires-Priseurs
rue de Rivoli, 144. 63890

www.ingramcontent.com/pod-product-compliance
Ingram Content Group UK Ltd.
Pitfield, Milton Keynes, MK11 3LW, UK
UKHW020221180726
13838UKWH00005B/2118